Mon Cahier de Recettes

Ce cahier de recettes appartient à

....

....

Introduction

Vous êtes lassé de ces feuillets manuscrits, éparpillés comme des souvenirs effacés, tachés par le temps et l'usage, ou de ces coupures de magazines, égarées dans les méandres du quotidien ? Alors, imaginez un recueil où chaque page se pare de vos recettes préférées, celles qui font vibrer vos papilles et nourrissent vos rêves culinaires.

Dans ce livre, vous pourrez non seulement écrire vos créations, mais aussi y coller ces précieux trésors de famille, ces recettes transmises de génération en génération, ou ces inspirations glanées au fil des pages feuilletées.

Ce cahier de recettes deviendra votre complice, où chaque recette trouvera sa place, et où en un clin d'œil, vous retrouverez le goût de l'instant.

Le sommaire de vos recettes Page

Le sommaire de vos recettes — Page

Le sommaire de vos recettes — Page

Recette: ....

....

Parts — **Temps de préparation** — **Temps de cuisson** — **Température** — **DIFFICULTÉ**

INGREDIENTS :

PRÉPARATION :

Suggestion de vin

Recette: ....

....

Parts **Temps de préparation** **Temps de cuisson** **Température** **DIFFICULTÉ**

Collez ici votre recette

Recette: ....

....

Parts .... **Temps de préparation** .... **Temps de cuisson** .... **Température** .... **DIFFICULTÉ**

INGREDIENTS :

....
....
....
....
....
....
....
....
....
....
....
....
....
....
....

PRÉPARATION :

....
....
....
....
....
....
....
....
....
....
....
....
....
....
....

Suggestion de vin ....

Recette: ....

....

Parts .... **Temps de préparation** .... **Temps de cuisson** .... **Température** .... **DIFFICULTÉ**

Collez ici votre recette

Recette:...

....

Parts .... **Temps de** .... **Temps de** .... **Température** .... **DIFFICULTÉ**
           préparation   cuisson

INGREDIENTS :

....

PRÉPARATION:

....

(lignes pointillées pour ingrédients et préparation)

Suggestion de vin ....

Recette: ....

....

Parts .... **Temps de préparation** .... **Temps de cuisson** .... **Température** .... ○ ○ ○ ○ ○ **DIFFICULTÉ**

Collez ici votre recette

Recette: ....

....

Parts .... **Temps de préparation** .... **Temps de cuisson** .... **Température** .... **DIFFICULTÉ**

INGREDIENTS :

....
....
....
....
....
....
....
....
....
....
....
....
....
....

PRÉPARATION:

....
....
....
....
....
....
....
....
....
....
....
....
....
....

Suggestion de vin

Recette:..

....

Parts .... **Temps de préparation** .... **Temps de cuisson** .... **Température** .... ○ ○ ○ ○ ○ **DIFFICULTÉ**

Collez ici votre recette

Recette: ....

....

| Parts | Temps de préparation | Temps de cuisson | Température | DIFFICULTÉ |

INGREDIENTS :

....
....
....
....
....
....
....
....
....
....
....
....
....
....

PRÉPARATION:

....
....
....
....
....
....
....
....
....
....
....
....
....
....

Suggestion de vin

Recette: ....

....

Parts .... **Temps de préparation** .... **Temps de cuisson** .... **Température** .... ○ ○ ○ ○ ○ **DIFFICULTÉ**

Collez ici votre recette

Recette: ....

....

Parts | **Temps de préparation** | **Temps de cuisson** | **Température** | **DIFFICULTÉ**

INGREDIENTS :

....
....
....
....
....
....
....
....
....
....
....
....
....
....

PRÉPARATION :

....
....
....
....
....
....
....
....
....
....
....
....
....
....

Suggestion de vin

Recette: ....

....

Parts   **Temps de préparation**   **Temps de cuisson**   **Température**   ○ ○ ○ ○ ○ **DIFFICULTÉ**

Collez ici votre recette

Recette: ....

....

Parts | **Temps de préparation** | **Temps de cuisson** | **Température** | **DIFFICULTÉ**

INGREDIENTS :

....
....
....
....
....
....
....
....
....
....
....
....
....

PRÉPARATION:

....
....
....
....
....
....
....
....
....
....
....
....
....

Suggestion de vin

Recette:..

....

Parts — **Temps de préparation** — **Temps de cuisson** — **Température** — **DIFFICULTÉ**

Collez ici votre recette

Recette:..

....

| Parts | Temps de préparation | Temps de cuisson | Température | DIFFICULTÉ |

INGREDIENTS :

PRÉPARATION:

Suggestion de vin

Recette: ....

....

Parts .... **Temps de préparation** .... **Temps de cuisson** .... **Température** .... DIFFICULTÉ

Collez ici votre recette

Recette: ....

....

Parts	Temps de préparation	Temps de cuisson	Température	DIFFICULTÉ

INGREDIENTS :

....

....

....

....

....

....

....

....

....

....

....

....

....

....

PRÉPARATION:

....

....

....

....

....

....

....

....

....

....

....

....

....

....

Suggestion de vin

Recette:..
....

Parts .... **Temps de préparation** .... **Temps de cuisson** .... **Température** .... **DIFFICULTÉ**

Collez ici votre recette

Recette:..

....

Parts   **Temps de préparation**   **Temps de cuisson**   **Température**   **DIFFICULTÉ**

INGREDIENTS :   PRÉPARATION:

Suggestion de vin

Recette: ....

....

Parts   **Temps de préparation**   **Temps de cuisson**   **Température**   ○ ○ ○ ○ ○ **DIFFICULTÉ**

Collez ici votre recette

Recette: ....

....

Parts .... **Temps de préparation** .... **Temps de cuisson** .... **Température** .... **DIFFICULTÉ**

INGREDIENTS :

....
....
....
....
....
....
....
....
....
....
....
....
....
....

PRÉPARATION:

....
....
....
....
....
....
....
....
....
....
....
....
....
....

Suggestion de vin

Recette:..

....

Parts .... Temps de préparation .... Temps de cuisson .... Température .... DIFFICULTÉ

Collez ici votre recette

Recette: ....

....

Parts .... **Temps de préparation** .... **Temps de cuisson** .... **Température** .... **DIFFICULTÉ** ○○○○○

INGREDIENTS : | PRÉPARATION:

Suggestion de vin

Recette: ....

....

Parts .... **Temps de préparation** .... **Temps de cuisson** .... **Température** .... **DIFFICULTÉ** ○ ○ ○ ○ ○

Collez ici votre recette

Recette: ....

....

Parts | Temps de préparation | Temps de cuisson | Température | DIFFICULTÉ

INGREDIENTS : | PRÉPARATION:

Suggestion de vin

Recette: ....

....

Parts .... **Temps de préparation** .... **Temps de cuisson** .... **Température** .... ○ ○ ○ ○ ○ **DIFFICULTÉ**

Collez ici votre recette

Recette: ....

....

Parts .... **Temps de préparation** .... **Temps de cuisson** .... **Température** .... **DIFFICULTÉ** ⬤⬤⬤⬤⬤

INGREDIENTS :

....
....
....
....
....
....
....
....
....
....
....
....
....
....

PRÉPARATION:

....
....
....
....
....
....
....
....
....
....
....
....
....
....

Suggestion de vin

Recette:..

....

Parts .... **Temps de préparation** .... **Temps de cuisson** .... **Température** .... DIFFICULTÉ ○ ○ ○ ○ ○

Collez ici votre recette

Recette: ....

....

Parts   **Temps de préparation**   **Temps de cuisson**   **Température**   **DIFFICULTÉ**

INGREDIENTS :

....

....

....

....

....

....

....

....

....

....

....

....

....

PRÉPARATION:

....

....

....

....

....

....

....

....

....

....

....

....

....

Suggestion de vin

Recette: ....

....

Parts .... **Temps de préparation** .... **Temps de cuisson** .... **Température** .... ○ ○ ○ ○ ○ **DIFFICULTÉ**

Collez ici votre recette

Recette:..

....

Parts .... **Temps de préparation** .... **Temps de cuisson** .... **Température** .... **DIFFICULTÉ** ○○○○○

INGREDIENTS :

PRÉPARATION:

Suggestion de vin

Recette: ....

....

Parts .... **Temps de préparation** .... **Temps de cuisson** .... **Température** .... **DIFFICULTÉ**

Collez ici votre recette

Recette:..

....

Parts .... **Temps de cuisson** .... **Température** .... **DIFFICULTÉ** ○○○○○

Temps de préparation

INGREDIENTS :

....

....

....

....

....

....

....

....

....

....

....

....

....

....

PRÉPARATION:

....

....

....

....

....

....

....

....

....

....

....

....

....

....

....

Suggestion de vin

Recette: ....

....

Parts .... **Temps de préparation** .... **Temps de cuisson** .... **Température** .... DIFFICULTÉ

Collez ici votre recette

Recette: ....

....

Parts — **Temps de préparation** — **Temps de cuisson** — **Température** — **DIFFICULTÉ**

INGREDIENTS :

....
....
....
....
....
....
....
....
....
....
....
....
....
....

PRÉPARATION :

....
....
....
....
....
....
....
....
....
....
....
....
....
....

Suggestion de vin

Recette: ....

....

Parts   **Temps de préparation**   **Temps de cuisson**   **Température**   **DIFFICULTÉ**

Collez ici votre recette

Recette:..

....

Parts .... **Temps de préparation** .... **Temps de cuisson** .... **Température** .... **DIFFICULTÉ** ○○○○○

INGREDIENTS :

....

....

....

....

....

....

....

....

....

....

....

....

....

....

PRÉPARATION:

....

....

....

....

....

....

....

....

....

....

....

....

....

....

Suggestion de vin ....

Recette:..

....

Parts .... Temps de .... Temps de .... Température .... ○ ○ ○ ○ ○
                       préparation   cuisson   DIFFICULTÉ

Collez ici votre recette

Recette: ....

....

Parts .... Temps de préparation .... Temps de cuisson .... Température .... DIFFICULTÉ

INGREDIENTS :

PRÉPARATION:

Suggestion de vin

Recette: ....

....

Parts .... **Temps de préparation** .... **Temps de cuisson** .... **Température** .... ○ ○ ○ ○ ○ **DIFFICULTÉ**

Collez ici votre recette

Recette: ....

....

Parts .... **Temps de préparation** .... **Temps de cuisson** .... **Température** .... ⚬⚬⚬⚬⚬ **DIFFICULTÉ**

INGREDIENTS :

....
....
....
....
....
....
....
....
....
....
....
....
....

PRÉPARATION:

....
....
....
....
....
....
....
....
....
....
....
....
....

Suggestion de vin ....

Recette: ....

....

Parts .... **Temps de préparation** .... **Temps de cuisson** .... **Température** .... ⚫⚫⚫⚫⚫
◯◯◯◯◯
DIFFICULTÉ

Collez ici votre recette

Recette: ....

....

Parts .... **Temps de préparation** .... **Temps de cuisson** .... **Température** .... **DIFFICULTÉ**

INGREDIENTS :

PRÉPARATION :

Suggestion de vin

Recette:..

....

Parts · **Temps de préparation** · **Temps de cuisson** · **Température** · **DIFFICULTÉ**

Collez ici votre recette

Recette:...

....

Parts .... **Temps de préparation** **Temps de cuisson** .... **Température** .... **DIFFICULTÉ**

INGREDIENTS :

PRÉPARATION:

Suggestion de vin

Recette:……

………

Parts …………………… **Temps de préparation** …………………… **Temps de cuisson** …………………… **Température** …………………… **DIFFICULTÉ**

Collez ici votre recette

Recette:..

....

Parts | **Temps de préparation** | **Temps de cuisson** | **Température** | **DIFFICULTÉ**

INGREDIENTS :

....

....

....

....

....

....

....

....

....

....

....

....

....

....

PRÉPARATION:

....

....

....

....

....

....

....

....

....

....

....

....

....

....

Suggestion de vin

Recette:..

....

Parts .... **Temps de préparation** .... **Temps de cuisson** .... **Température** .... **DIFFICULTÉ**

Collez ici votre recette

Recette:..

....

Parts .... **Temps de préparation** .... **Temps de cuisson** .... **Température** .... **DIFFICULTÉ**

INGREDIENTS :

....

....

....

....

....

....

....

....

....

....

....

....

....

PRÉPARATION:

....

....

....

....

....

....

....

....

....

....

....

....

....

Suggestion de vin

Recette: ....

....

Parts .... **Temps de préparation** .... **Temps de cuisson** .... **Température** .... ○ ○ ○ ○ ○ **DIFFICULTÉ**

Collez ici votre recette

Recette: ....

....

Parts **Temps de préparation** **Temps de cuisson** **Température** **DIFFICULTÉ**

INGREDIENTS :

PRÉPARATION:

Suggestion de vin

Recette: ....

....

Parts .... **Temps de préparation** .... **Temps de cuisson** .... **Température** .... ○ ○ ○ ○ ○ **DIFFICULTÉ**

Collez ici votre recette

Recette: ....

....

Parts | **Temps de préparation** | **Temps de cuisson** | **Température** | **DIFFICULTÉ**

INGREDIENTS :

....
....
....
....
....
....
....
....
....
....
....
....
....
....

PRÉPARATION:

....
....
....
....
....
....
....
....
....
....
....
....
....
....
....

Suggestion de vin

Recette: ....

....

Parts .... **Temps de préparation** .... **Temps de cuisson** .... **Température** .... **DIFFICULTÉ** ○ ○ ○ ○ ○

Collez ici votre recette

Recette:..

....

Parts .... **Temps de préparation** .... **Temps de cuisson** .... **Température** .... DIFFICULTÉ

INGREDIENTS :

PRÉPARATION:

Suggestion de vin

Recette:..

....

Parts   **Temps de préparation**   **Temps de cuisson**   **Température**   ○ ○ ○ ○ ○
DIFFICULTÉ

Collez ici votre recette

Recette:..

....

Parts ....   **Temps de préparation** ....   **Temps de cuisson** ....   **Température** ....   ○○○○○ **DIFFICULTÉ**

INGREDIENTS :

PRÉPARATION:

Suggestion de vin

Recette: ....

....

Parts .... **Temps de préparation** .... **Temps de cuisson** .... **Température** .... **DIFFICULTÉ** ○ ○ ○ ○ ○

Collez ici votre recette

Recette:..

....

Parts .... **Temps de préparation** .... **Temps de cuisson** .... **Température** .... **DIFFICULTÉ**

INGREDIENTS :

PRÉPARATION:

Suggestion de vin

Recette: ....

....

Parts **Temps de préparation** **Temps de cuisson** **Température** **DIFFICULTÉ**

Collez ici votre recette

Recette:..

....

Parts **Temps de préparation** **Temps de cuisson** **Température** **DIFFICULTÉ**

INGREDIENTS :

PRÉPARATION:

Suggestion de vin

Recette:

Parts Temps de préparation   Temps de cuisson   Température   DIFFICULTÉ

Collez ici votre recette

Recette: ....

....

Parts .... DIFFICULTÉ
　　　　　　　　Temps de préparation　**Temps de cuisson**　　　**Température**

INGREDIENTS :

PRÉPARATION:

Suggestion de vin

Recette: ....

....

Parts **Temps de préparation** **Temps de cuisson** **Température** **DIFFICULTÉ**

Collez ici votre recette

Recette:..

....

Parts Temps de préparation Temps de cuisson Température DIFFICULTÉ

INGREDIENTS :

PRÉPARATION:

Suggestion de vin

Recette: ....

....

Parts .... **Temps de préparation** .... **Temps de cuisson** .... **Température** .... **DIFFICULTÉ**

Collez ici votre recette

Recette:...

....

Parts ....   Temps de préparation ....   Temps de cuisson ....   Température ....   DIFFICULTÉ

INGREDIENTS :

....
....
....
....
....
....
....
....
....
....
....
....
....
....

PRÉPARATION:

....
....
....
....
....
....
....
....
....
....
....
....
....
....

Suggestion de vin

Recette: ....

....

Parts .... **Temps de préparation** .... **Temps de cuisson** .... **Température** .... **DIFFICULTÉ** ○ ○ ○ ○ ○

Collez ici votre recette

Recette: ....

....

Parts .... **Temps de préparation** .... **Temps de cuisson** .... **Température** .... **DIFFICULTÉ**

INGREDIENTS :

....
....
....
....
....
....
....
....
....
....
....
....
....

PRÉPARATION:

....
....
....
....
....
....
....
....
....
....
....
....
....

Suggestion de vin ....

Recette: ....

....

Parts .... **Temps de préparation** .... **Temps de cuisson** .... **Température** .... ○ ○ ○ ○ ○ **DIFFICULTÉ**

Collez ici votre recette

Recette: ....

....

Parts .... **Temps de préparation** .... **Temps de cuisson** .... **Température** .... **DIFFICULTÉ**

INGREDIENTS :

PRÉPARATION:

Suggestion de vin

Recette: ....

....

Parts **Temps de préparation** **Temps de cuisson** **Température** **DIFFICULTÉ**

Collez ici votre recette

Recette:...

....

Parts **Temps de préparation** **Temps de cuisson** **Température** **DIFFICULTÉ**

INGREDIENTS :

PRÉPARATION:

Suggestion de vin

Recette: ....

....

Parts .... **Temps de préparation** .... **Temps de cuisson** .... **Température** ....

DIFFICULTÉ

Collez ici votre recette

Recette:..

....

Parts .... **Temps de préparation** .... **Temps de cuisson** .... **Température** .... **DIFFICULTÉ** ○○○○○

INGREDIENTS:

PRÉPARATION:

Suggestion de vin

Recette: ....

....

Parts .... **Temps de préparation** .... **Temps de cuisson** .... **Température** .... **DIFFICULTÉ** ○○○○○

Collez ici votre recette

Recette:..

....

Parts .... **Temps de préparation** .... **Temps de cuisson** .... **Température** .... **DIFFICULTÉ**

INGREDIENTS :

....

....

....

....

....

....

....

....

....

....

....

....

....

PRÉPARATION:

....

....

....

....

....

....

....

....

....

....

....

....

....

Suggestion de vin

Recette: ....

....

Parts .... **Temps de préparation** .... **Temps de cuisson** .... **Température** .... DIFFICULTÉ

Collez ici votre recette

Recette:..

....

Parts | Temps de préparation | Temps de cuisson | Température | DIFFICULTÉ

INGREDIENTS :

PRÉPARATION:

Suggestion de vin

Recette: ....

....

Parts .... **Temps de préparation** .... **Temps de cuisson** .... **Température** .... **DIFFICULTÉ** ○ ○ ○ ○ ○

Collez ici votre recette

Recette:..

....

Parts .... Temps de préparation .... Temps de cuisson .... Température .... DIFFICULTÉ

INGREDIENTS :

....

....

....

....

....

....

....

....

....

....

....

....

....

PRÉPARATION:

....

....

....

....

....

....

....

....

....

....

....

....

Suggestion de vin

Recette:..

....

Parts .... **Temps de préparation** .... **Temps de cuisson** .... **Température** .... DIFFICULTÉ ○ ○ ○ ○ ○

Collez ici votre recette

Recette: ....

....

Parts .... **Temps de préparation** .... **Temps de cuisson** .... **Température** .... **DIFFICULTÉ** ○○○○○

INGREDIENTS :

....

....

....

....

....

....

....

....

....

....

....

....

....

....

PRÉPARATION:

....

....

....

....

....

....

....

....

....

....

....

....

....

....

Suggestion de vin

Recette: ....

....

Parts	Temps de préparation	Temps de cuisson	Température	DIFFICULTÉ

Collez ici votre recette

Recette: ....

....

Parts ....   Temps de préparation ....   Temps de cuisson ....   Température ....   ○ ○ ○ ○ ○ DIFFICULTÉ

INGREDIENTS :

....
....
....
....
....
....
....
....
....
....
....
....
....
....

PRÉPARATION:

....
....
....
....
....
....
....
....
....
....
....
....
....
....

....

Suggestion de vin

Recette: ....

....

Parts .... **Temps de préparation** .... **Temps de cuisson** .... **Température** .... **DIFFICULTÉ**

Collez ici votre recette

Recette:..

....

Parts .... **Temps de préparation** .... **Temps de cuisson** .... **Température** .... **DIFFICULTÉ**

INGREDIENTS :

....

....

....

....

....

....

....

....

....

....

....

....

....

PRÉPARATION:

....

....

....

....

....

....

....

....

....

....

....

....

....

Suggestion de vin

Recette:

Parts   **Temps de préparation**   **Temps de cuisson**   **Température**   **DIFFICULTÉ**

Collez ici votre recette

Recette: ....

....

Parts .... **Temps de préparation** .... **Temps de cuisson** .... **Température** .... **DIFFICULTÉ**

INGREDIENTS :

....

....

....

....

....

....

....

....

....

....

....

....

....

PRÉPARATION:

....

....

....

....

....

....

....

....

....

....

....

....

....

....

Suggestion de vin ....

Recette: ....

....

Parts .... **Temps de préparation** .... **Temps de cuisson** .... **Température** .... **DIFFICULTÉ**

Collez ici votre recette

NOTES:

NOTES:

© 2024 Le Chef Nature

Tous droits réservés. Aucune partie de ce livre ne peut être reproduite, stockée ou transmise par quelque moyen que ce soit, que ce soit par voie électronique, mécanique, de reprographie, d'enregistrement ou autre, sans l'autorisation préalable du titulaire des droits de reproduction, sauf dans les cas expressément permis par celui-ci.

L'éditeur s'engage à utiliser des papiers fabriqués à partir de fibres naturelles, renouvelables et recyclables, provenant de bois issus de forêts gérées de manière durable. De plus, il exige de ses fournisseurs de papier qu'ils adhèrent à une démarche de certification environnementale reconnue.

En application de l'art. L.137-2.-I. du code de la propriété intellectuelle, toute reproduction et/ou divulgation de parties de l'oeuvre dépassant le volume prévu par la loi est expressément interdite.

© Le Chef Nature, 2024

Relecture : Le Chef Nature
Correction : Le Chef Nature
Autres contributeurs : Le Chef Nature

Édition : BoD · Books on Demand GmbH, In de Tarpen 42, 22848 Norderstedt (Allemagne)
Impression : Libri Plureos GmbH, Friedensallee 273, 22763 Hambourg (Allemagne)

Impression à la demande
ISBN : 9798337725925
Dépôt légal : Août 2024